# 몸에 대한 예의

시와소금 시인선 · 093

# 몸에 대한 예의

양승준 시집

시와소금

1956년 춘천에서 태어나 강원대학교 국어교육학과와 연세대학교 대학원 국어국문학과에서 공부했다. 1992년 《시와시학》과 1998년 《열린시조》로 등단했으며, 시집 『이웃은 차라리 없는 게 좋았다』 『사랑, 내 그리운 최후』 『영혼의 서역』 『위스키를 마시고 저녁산책을 나가다』 『슬픔을 다스리다』 『뭉게구름에 관한 보고서』 『적묵의 무늬』, 시선집 『고비』, 연구서 『한국현대시 500선 ― 이해와 감상』 상·중·하 등이 있다. 한국문화예술위원회(1999)·강원문화재단(2013, 2015, 2016, 2017, 2019)·원주문화재단(2017) 창작지원금을 받았으며, 원주문학상·원주예술상·강원문학상을 수상했다. 현재 《시와시학》 편집위원이자 <표현시> 동인이며, 원주문인협회 명예회장으로 있다.

* 전자우편 : oldcamel@hanmail.net

| 시인의 말 |

내게 시를 데려다준 모든 것들에게
또는 쓸쓸했던 그 그림자들에게


2019년 봄,
치악산을 바라보는
순오재馴吾齋에서


양 승 준

| 차례 |

| 시인의 말 |

## 제1부 목살을 삶다

## 제2부 명옥헌 배롱나무

# 제3부 보름달

## 제4부 몸살에 관한 명상

제 1 부

목살을 삶다

# 살다 보면

살다 보면 가끔
삶이 절박해질 때가 있다

나는 시를 쓴다
고로 존재한다,
이런 담화 형식마저
용서될 것 같은 밤이 있다

가부좌를 틀고 앉아
연화대의 미륵보살 같은 표정으로
시를 쓰고 싶은 새벽도 있다

살다 보면 가끔
삶이 절박해질 때가 있다
지금이 바로 그때다

# 퇴직하고 나면

퇴직하고 나면 인지기능이 급격히 저하된다는
TV 저녁 종합 뉴스를 접했다

돌아보니 직장을 나온 지 어느덧 7년 6개월,
그렇다면 내 인지기능은 얼마나 떨어진 걸까

아하, 그래서 아내의 말도
그토록 알아먹지 못했구나

판단하지 못하고, 구별하지 못하고
추리하지 못하고, 기억하지 못하고

게다가 나는 워낙 데퉁한* 탓에
번번이 번뇌를 자초하기 일쑤

그러니 어쩌겠는가, 봄은 아직 먼데다
밖에선 저렇게 폭설까지 퍼붓고 있으니

* 데퉁하다 : 거칠고 융통성이 없으며 미련하다.

# 보계譜系

어젯밤 작은아버지가 세상을 떠났다
아버지 형제 중 마지막 부음이었다
이로써 아버지 세대는 완결되었다

아버지는 마흔셋의 가을에
아버지의 손위 누이인 고모는 여든하나의 봄에
그리고 작은아버지는 여든여섯의 겨울에

나의 형제는 남자만 셋,
형과 나는 이미 환갑을 지났고
동생은 금년에 환갑을 맞는다

그 귀엽고 영민하던 막내가
어느새 예순이라니!
갑자기 눈물이 났다

말하기가 좀 그렇지만
다음 차례는 우리 세대라 생각하니
형제들이 더욱 보고 싶어졌다

# 아내의 밥상

아내의 입맛이
갈수록 강해지는 느낌이다
달거나 짠 음식을
근래 들어 자주 내놓는다는 것,
입맛이 세졌다는 건
결국 혀가 무뎌졌다는 뜻

입맛도 세월 따라
거칠어지는 것이라면
혹여 내 시도
그렇게 되어 있는 건 아닐까

나도 모르는 사이
불필요한 들숨과 날숨이
행간마다 끼어들어
무턱대고 길어졌거나
한없이 느슨해졌는지도 모르는 일

지난 추석날 아침,
간이 안됐냐며
미수米壽의 노모께서
토란국에 몇 번이고
소금을 넣는 것을 보았다

어제 저녁엔 〈명자네추어탕〉에 갔다가
뒷자리에 앉은 노인들의 음성이
어찌나 크고 높던지
밥이 귓구멍으로 들어가는 줄 알았다

도망치듯 일어나 집으로 돌아오는 길,
내 시를 힐난하는 소리가
어디선가 들려오는 것 같았다
고개를 들어보니
어느새 제자리를 찾은 별들이
어둠 속에서 조용히 반짝이고 있었다

## 중심에 대하여

참으로 이상한 일이었네
분명 간밤에 큰 바람도 없었는데
산을 오르는 발끝마다
나뭇잎과 잔가지가
어지럽게 흩어져 있었네
온 산에 단풍 들고 낙엽 지려면
아직 달포는 더 기다려야 할 때,
그렇다면 이건
나무의 자의적 행동이 아닐까
하는 의문이 산행 내내 떠나지 않았네

태양이 빛을 잃기 시작하는 절기인 추분이 되면
나무는 본능적으로
머지않아 닥쳐올 동빙한설을 대비하기 위해
수천수만의 잎사귀에까지 끌어올렸던 생장점을
뿌리로 되돌리는 게 아닐까
행여 나무의 중심이 뿌리에 있다면
나무는 그 중심에서 가장 먼 곳에 위치한

잎이나 잔가지부터 조금씩 버림으로써
미리 나목이 될 준비를 하고 있는 게 아닐까

아, 나의 중심은 어디에 있는 걸까
심장일까 뇌일까 아니면 무형의 마음일까
어느덧 나의 삶도 가을로 들어선 지 오래,
이제라도 내 중심을 알고
사소한 것부터 하나씩 놓아버려야
겨울이 오기 전 나도
완전한 나목이 될 수 있을 텐데,
죽음 앞에 벌거벗은
한 마리 순한 짐승이 될 수 있을 텐데

## 노안老眼

어쩌면 이제라도
가까운 곳부터 자세히 살펴보며
조심조심 살라는 뜻이 아니겠는지요
부디 서둘지 말고 천천히
두 눈 크게 뜨고
조금씩 생의 흔적 지우면서
말년을 향해 가라는

돌아보면 제 지난날은
하루라도 빨리 벗어나고 싶었던
부끄러움의 역사,
새의 눈을 갖지도 못한 채
그때는 왜 그리
멀리만 보려 했을까요

그럴수록 저는
오히려 벌레처럼 좁은 시야에 갇혀
이 넓디넓은 세상을

감히 제 적면觀面*에 묶어두겠다며
온종일 가슴 졸이고 애태웠지만요


도수 높여 새로 맞춘 돋보기를 쓰며
새삼 노안에 대해 생각해 보는
비 내리는 11월의 늦은 오후,
덩달아 제 저승길도
제법 환해진 듯합니다


*적면 : 눈에 바로 가까이 보이는 곳

## 〈동해칼국수〉


온종일 찬비 내리고 바람 불었다
아침나절,
잠시 내려와 파도 구경이나 하고 가라는
친구의 안부 전화를 받고
출렁이는 동해 바다 대신
학성동 소재의 〈동해칼국수〉로
차를 몰았다

깔끔하면서도 진한 육수에 담긴
맛있는 메밀칼국수 한 그릇,
마치 좋은 시 한 편을 찾아 읽은 듯
송정해변의 솔바람소리도
따뜻한 그의 음성도
모두 그 속에 들어 있었다

집에 들어와 어둠이 올 때까지
소파에 누워 빗소리를 들었다
이따금 강문의 파도소리도 섞여 있었다

이 비 그치고 나면

겨울은 점령군 같은 얼굴로

저 대문 앞에 도열해 있을 것이다

# 팔베개를 건네다

겨울비 내리는 휴일 오후,
거실에 누워
함께 TV를 보던 아내에게
슬쩍 팔베개를 건네자
잠시 어색해하던 아내가
몸을 돌려 와락
내게 안기는 것이었다

무엇엔가 어색해한다는 것은
부끄러움을 안다는
몸의 또 다른 표현,
돌아보니 부부가 된 지
어언 35년,
아득히 먼 세월을 돌아
여기까지 왔는데

아내는 여태도 이렇게
첫날밤만큼이나 순결하였구나

겨울비 흩날리는 바깥 풍경처럼
어느덧 우리는 곳곳이 폐허인데
내 눈빛 하나에도, 아니
내 몸짓 하나에도
아내는 아직도 이렇듯
여린 꽃잎처럼 흔들리는구나

잠시 후, 비가 눈으로 바뀌자
우리는 어둠을 기다릴 새도 없이
엔니오 모리코네 작곡의
영화 「시네마천국」의 테마곡을 들었다
설국이 천국으로 옮겨가는 데에는
많은 시간이 필요하지 않았다
세상의 모든 천국이 이곳에 있었다

# 오십견, 그 이후

어깨가 얼어붙기 전
내 사랑은 남실거리는 봄바람 같아서
온종일 나는 접시꽃처럼 서서
우두커니 당신을 바라보았습니다
어깨가 얼어붙기 전 나는
단 한 번도
어깨의 슬픔을 예측하지 못했기에
그것을 돌아볼 겨를 또한
안중에도 없었습니다

왼쪽 어깨가 돌덩어리마냥 무거워지고
는적는적, 덩달아
왼쪽 팔이 마른 말채나무가 되고부터
내 눈빛은 피폐해지기 시작하였습니다
어깨가 얼어붙기 전 나는
감히 이별을 떠올리거나
사랑을 폄하하지 않았습니다

굳이 생애를 두 부분으로 구획 짓는다면
나는 오십견 발병을 그 기준점으로 삼으려 합니다
나를 만나기 전과 후로
나누고 싶어 하는 당신을 위해
나는 기능성이 가미된
특제 고급 러브젤을 준비하겠습니다
아무래도 오늘밤,
첫눈이 내릴 것만 같기 때문입니다

## 몸에 대한 예의

해가 바뀌었어도 여전히 저는
은둔과 칩거 사이에서 서성이고 있습니다
내일은 잠시 문밖을 나설 계획이지만
그건 특별한 일과가 예정되어 있어서가 아니라
일주일에 다만 한 차례라도
바깥바람을 쐬어 주는 게
몸에 대한 예의라고 생각하기 때문입니다

오늘 아침 기온은 무려 $-19°C$
지난가을 오후,
매봉산 관목 숲에서 만났던 붉은머리오목눈이들은
이 모진 추위를
어디서 어떻게 견디고 있을지
문득 궁금해졌습니다

이제 저는 예순둘,
갈수록 저도 겨울이 힘들어집니다
사는 게 언제쯤에나

제 뜻대로 이루어질 수 있을까요

당신의 겨울은 어떤지

이렇게나마 여쭈어봅니다

# 목살을 삶다

눈 내리는 휴일 오후,
가는 겨울이 아쉬워 목살을 삶았다

월계수 잎과 된장
커피 가루와 통후추에
맛술까지 곁들이고 나니
돼지 특유의 누린내가 사라지고
정갈한 수육 한 상이 차려졌다

아, 저렇게 하면
내 영혼의 잡내도 없앨 수 있겠구나
세속에 찌든 내 육신도
아름답게 다시 태어날 수 있겠구나

그러나 펄펄 끓고 있는 압력솥에다
내 뱃살을 구겨 넣을 수는 없는 일,
더욱이 그 속에다
내 머리통을 들이밀 수는 없는 일

그렇다면 내가 할 수 있는 단 한 가지는
열심히 소주를 마시는 일,
그런 합리적인 이유로
오늘 저녁상에서도 술이 빠질 수는 없었다

# 춘몽 · 1

내 발목을 내가 톱으로 자르는
해괴한 꿈을 꾸었다
피 한 방울 흐르지 않았고
이상하리만치 통증 또한 없었다
오래된 환부를 도려내는 듯
제법 시원하기까지 했다

밤이 낮보다 짧아진 탓이었을까
남근을 가위로 끊어내는 꿈을 꾼 지
채 며칠이 지나지 않아서였다
그땐 피범벅이 된 그걸 들고
길길이 날뛰곤 했었는데

머지않아
몸통을 벗어난 내 모가지도
보게 될지 모르겠다
그때도 과연 오늘처럼
야릇한 쾌감을 느끼게 될까

잠시 그런 상상을 하며
슬쩍 내 목덜미를 만져 보았다

부디 곱게 늙어가야 할 텐데,
아내는 측은과 경멸
그 어름쯤 되는 눈빛으로
나를 말없이 건너다보았다
식탁이 강릉 앞바다만큼 너른
어느 봄날 아침이었다

# 춘몽 · 2


고등학교 시절, 내 꿈은
감히 요절하는 것이었다
이장희 김소월 이상 같은
천재 시인들처럼

1975년 2월에 발간된
춘천고등학교 제47회 졸업 기념 앨범의
3학년 5반 한 줄 메모판이
그것을 온전히 보여준다

서른 중반을 넘기고서야
간신히 시인 말석에 이름을 올렸지만
결국 그때도 나는 죽지 못했다
시인은 요절을 위한 필요조건이었을 뿐
정작 내 꿈은 아니었기 때문이었다

물론 내가 천재가 아닌 줄은
그때도 알지 못했다

올해로 나는 예순둘,
그러니 내 삶은
그간 얼마나 엉망이었겠는가

이제 내게 남은 생은
꿈을 이루지 못한 자가 감내해야 할
고통의 축제,
그럼에도 불구하고
요즘엔 왜 자꾸
오래오래 살고 싶어지는 걸까

# 봄날은 간다

늦은 오후에서야 비가 그쳤다
먹구름이 빠르게 동쪽으로 몰려가는 동안
그 틈새를 비집고 백로들이
편대를 이루어 북쪽으로 날아가고 있었다

다들 저렇게 바쁘게 살고 있는데
세상에서 나 혼자만 한갓진 것 같아
새들한테도 적이 부끄럽고 미안했다

서쪽으로부터 푸른 하늘이 드러날 때쯤
소리꾼 장사익의 콘서트 동영상
「봄날은 간다」를 보다가
잠시 내 봄날을 떠올려 보았다

오래 전에 떠나간 청춘의 봄날과
지금 이렇게 흘러가고 있는 갑년의 봄날,
그 어느 쪽도 아름답지 않았다
그때는 생각이 너무 짧았고

지금은 생각이 너무 많기 때문이리라

그럼에도 불구하고
열차는 정시에 남쪽으로 출발했고
당신은 여전히 말이 없었다

## <서울수치과>에서

아픈 이를 치료받기 위해서라도
제자 앞에서 한껏 입을 벌리는 일은
첫 입맞춤의 기억만큼이나
부끄럽고 부끄럽다

태생적으로 잘못된 치열 구조가
풍치의 근본 원인이라며
시간이 많이 걸릴지라도
꾸준히 치료받아야 한다고
제자는 말한다
특유의 부드러우면서도 강한 어조로

이십여 년 전, 그들에게
공부를 열심히 해야 하는 절박한 이유를
관자놀이에 핏대까지 세워 강조했던
이 스승과는 사뭇 다르게

순간, 엑스레이 판독 사진처럼 살아나는 지난날

한때 나는 그들 앞에
혈기 짱짱한 능력 있는 교사,
자신들의 불확실한 미래를
전적으로 내게 의탁했을 만큼
나는 실로 존경 받는 선생이었는데

그러나 세월은 흐르고 흘러
어느덧 그들에게
내 노후를 떠맡겨야 할 막막한 처지,
그런데 이 낡고 병든 몸을
누가 담보로 받아주기나 할까

## 제 2 부

명옥헌 배롱나무

# 춘분

오전엔
옛 직장 동료의 아들 결혼식으로
수원을 다녀왔고

오후엔
진이당고모님의 상喪으로
속초를 다녀왔다

원주에서 수원으로
다시 원주에서 속초로

화성華城은 봄빛이 가득했고
동해바다는 파도가 높았다

자정 넘어 집으로 돌아오는 길,
보름달이 자꾸 나를 뒤따라 왔다

# 소만

이따금 꿩이 날고 뻐꾸기가 울었다
그 사이 사이,
곤줄박이들은 특수전 병사처럼 빠르게
관목 숲을 헤쳐 나갔으며
딱따구리는 높은 나무 기둥에 매달려
온몸이 부서지라는 듯
물뱀 거죽을 닮은 수피樹皮를
마구 두드리고 있었다

계절은 하루가 다르게 여름에 다가섰지만
내 몸은 서둘러 가을을 지나가는 것 같았다
오늘도 나는 온종일
상수리나무 숲에서 혼자 놀았다
머지않아 세상에선
하얗게 감자 꽃이 피고
보리는 누렇게 익어갈 것이다

# 하지 무렵

산다는 건
하루하루 외로움을 견디는 일이라고
언젠가 네가 말했지만
정작 내가 견뎌야 하는 것은
너를 향한
이 무량한 그리움이다

밖에선 노랗게 살구가 익어 가는데
나는 낮 그림자만큼이나 길게
대청에 누워
이따금 빗소리를 들었다

# 하지

오늘은 일 년 중
해가 가장 높이 떠오른다는 절기,
저 이글거리는 태양이
시간의 수레바퀴를 모두 불태워 버린 듯
저녁은 쉬 오지 않았네

남부 지방은 이미 장마가 시작되었다지만
이곳 어디에서도 비 소식은 없었네
그럼에도 불구하고
누가 나를 안아주면
주르르, 외로움이 흘러내릴 것만 같았네

만약 내가 내게
단 한 차례만 주어진
삶의 교체 카드를 쓸 수 있다면
오늘이 바로 그날일 듯싶었네

이렇게 여름의 중심을 지나

또 한 계절을 살고 나면
내가 할 수 있는 거라곤
삼동의 깊은 어둠 속에서
당신을 떠올리는 일

그리하여 난 얼른 옥상으로 올라가
쏟아지는 햇살 속에다
내 슬픔들을 모두 밀어넣었네
담장 아래 누워 있던 길고양이도
몸을 일으켜 어디론가 가고 있었네

## 명옥헌鳴玉軒 배롱나무

담양 명옥헌에 가면
세상에서 가장 아름다운 배롱나무가 있다

물소리에 배롱나무가 서린 것인지
배롱나무에 물소리가 깃든 것인지

서로가 서로에게 깃들고 서려
이젠 그 경계조차 구분할 수 없는데

깃든다는 건
아늑하게 서리어 든다는 뜻

서린다는 게
마음 속 깊이 간직되고 싶다는
어떤 절실함에서 비롯된 것이라면

내 안에 서리어
오래 전 내가 된 사람이 있다

백일홍百日紅나무가
배기롱나무로 변했다가
배롱나무로 굳어진 것처럼

# 처서 무렵

요즘 들어 자주 몸이 아팠고
정신 또한 희미해졌다
그때마다 나는
죽을 때가 됐나, 하는
몹쓸 생각을 하기도 했으나
정작 죽음에 이르기 위해서는
지금과는 비교도 되지 않을 만큼
외로운 날들이 많이 있어야 할 거라는 말로
나를 위로해 주었다

그 후, 나는
하늘을 올려다보는 횟수가
조금 더 많아졌다
저 까마득한 허공 어디에선가
가늠하기조차 어려울
빠른 속도로 날고 있을 어느 우주비행사처럼
나도 외로움에 한 발 더 가까이 갔다고
믿고 싶었기 때문이었다

# 백로 무렵

최근 들어
혼잣말이 많아졌다
내가 내게 말을 건넨다는 건
외로움의 또 다른 몸짓,
내가 내게
혼자 밥숟갈을 밀어 넣듯
내가 내게
혼자 술잔을 털어 넣듯

어제는 늦게까지 빗소리를 들었다
가을이 부쩍 깊어졌을 것이다

# 한로 무렵

거실에 슬리퍼를 꺼내놓고
변기에 전원을 넣는 것으로
저의 가을맞이는 완성되었습니다
나이를 먹을수록 하초下焦가 따뜻해야 한다는
제 오랜 신념은
올해도 저 산수유 열매를 붉게 만들었습니다

그러나
일렉트릭 음악을 듣는 것처럼 가벼우면서도
한대수의 노래 가사만큼이나 진중하게
남은 생을 살겠다는 그간의 다짐들은
시간이 빠르게 흐르는 동안
죄다 희원으로 바뀌어 버렸음을
차마 고백하지 않을 수 없습니다

저 란타나*는 꽃을 피운 다음에도
무려 일곱 번이나 꽃색을 바꾼다는데
저는 꽃 한 번 제대로 피워보지 못한 채
삶의 색이 무시로 바뀌었음을

이제야 깨닫습니다

모름지기 란타나의 변화는
최상의 아름다움을 위한
란타나 스스로의 자구책일 것이나
부끄럽게도 저의 경우는
보여줄 아무런 아름다움 없는
남루한 몸짓 그 자체였습니다

가을이 너무 깊어져
그 깊이마저 가늠할 수 없게 된 오늘,
더 이상 외롭지도 말고 아프지도 말고
갑년이라는 큰 언덕 하나를
무사히 넘어갈 수 있기를
향로봉 위로 솟아오른 만월을 바라보며
저녁 내내 소망하였습니다

* 란타나(lantana) : 남미 원산의 다년초로, 꽃이 피고 난 후 여러 가지 색으로 변하기에
'칠변화(七變花)'라고도 한다.

# 상강

가을이 다 가도록
시 한 편 쓰지 못했다
생각은 많았으나 깊지 않았고
가슴은 더웠으나 맑지 않았다

시심이 고여 들기를
밤새 기다릴 줄 몰랐으며
가끔은 슬픔 속에다
나를 가둬두기도 하였다

몸이 아프기라도 할 때면
더욱 시에 집중할 수 없어
아주 사소한 일에도
마음은 풀잎처럼 사운대기 일쑤였고
심지어는 외롭다며
내게 징징거리기까지 하였다

첫서리가 내린 오늘 아침,

삼동의 어둠을 향해
길게 손을 뻗었다
비로소
시가 만져지는 것 같았다

## 이명耳鳴

밤마다 내 귀가 소리 내 운다

어떨 땐 이른 봄날 아침의 소소리바람이었다가
때론 늦은 여름날 저녁의 낙숫물이기도 했다가
아주 가끔은 가을밤 풀섶의 귀뚜라미였다가
또 어떨 때는
어릴 적 밤새 툇마루에 쌓이던 겨울날의 눈보라가 되어
사철 내내 우는 나의 귀

아마도 슬픔이 깊어
차마 가슴에 담겨 있을 수 없는 모양이다

# 입동

어제는

바람이 밤새 강을 건너와

뒤란 대숲에 쌓였고

오늘은

대숲에 쌓여 있던

그 바람의 끝이

온종일 내 가슴을 찔렀다

# 소설

이제야 하는 말이지만
내가 정년을 8년 반이나 남겨놓고
학교를 나온 것은
머리를 길게 기르고 싶어서였다
인도의 수도승 사두sadhu까지는 아니더라도
세상의 모든 슬픔으로부터 벗어난
진정 자유인의 모습으로
남은 생을 누리고 싶어서였다

퇴직을 한 지 어느덧 7년,
그러나 나는
자유인이 되기는커녕
머리를 길게 기르지도 못했다
다만 그 기간 동안
다섯 권의 시집을 상재했으며
외로움이
조금 더 깊어졌을 뿐이다

돌아보니
내게 이 외로움이라도 없었다면
과연 어쩔 뻔했을까
슬픔은 슬픔대로
욕망은 욕망대로
내 안에 들어찬 갖가지 감정들이
이승 저 너머로
나를 힘껏 내쳤을지도 모르는 일

첫눈 내린 오늘,
늦은 아침을 먹고 난 후
낙엽 구르는 오솔길을 따라
매봉산 상수리나무 숲을 다녀왔다
바람의 끝은 매서웠고
어디서도 새소리는 들려오지 않았다
올겨울은 더없이 춥고 적막할 것이며
내 외로움은 한층 더 푸르러질 것이다

# 대설

한평생 살아 누린 나이라는 뜻
향년享年,
대체 얼마나 누려야
편히 눈 감을 수 있을까

올해로 내가 누린 생은 예순둘,
아버지께서 누린 마흔셋에 견주어보면
무려 스무 해를 더 살았는데
어쩌자고 나는 자꾸
죽음이 두려워지는 것일까

몸은 이미 오래 전에 병들고
이따금 정신마저 아득한데
우리 아버지
이런 나를 보았으면
뭐라 하셨을까

자정 무렵부터 흩날리기 시작하던 눈이

아침이 되어서야 그친 오늘,
아버지 계신 저승에도
밤새 눈 내려 쌓였을까 아니면
밤새 바람 불고 별 반짝였을까

# 겨울나무


땅에 붙박여 사는 나무들처럼
나도 그렇게 살고 싶다

온종일 허리 꼿꼿이 세우고 서서
오직 한 곳만을 응시하며
바람에 맞서듯
추위에 맞서듯
슬픔에 맞서고 싶다

한 해가 저물고 나면
가슴에다 나이테 한 줄 긋고
좀 더 넉넉해진 품안으로
온갖 새들을 불러 모으듯
당신을 그렇게
내 안에 들이고 싶다

생각해 보니
시를 쓰다, 라는 담화 형식보다

시를 만들다, 가
훨씬 인간적이라는 생각을 하고부터
내겐 슬픔이 많아졌다

길게 동쪽으로 그림자 늘어뜨리고 선
저 저녁나절의 겨울나무들!

# 동지

세상에서 가장 길고 어두운 밤을

나와 함께해 준 당신,

고맙습니다

어느덧

서른다섯 번째가 되었습니다

# 혀

나이를 믹으면
혀도 늘어지는 것일까
목이 늘어지고
배가 늘어지듯

한때는 나도
입 속의 혀만큼 다루기 쉬운 것도 없었는데
이젠 중언부언에다
버벅거리기까지

근자엔
할 소리 못할 소리 구분도 못한 채
마구 지껄여대는
그 어리석은 본새란!

게다가
밥 한 술 뜨다가도
느닷없이 혀를 깨물곤 하는
이 추한 꼴은 또 어떻고?

제 **3** 부

보름달

# 풀꽃

예쁜 건
자세히 보아야
알 수 있는 게 아니다

사랑스러운 건
오래 보아야
알 수 있는 게 아니다

예쁘고 사랑스러운 건
오래 전, 네가
나를 첫눈에 사로잡았듯
그렇게 알 수 있는 것

아, 세상이 다시
온통 초록빛이다

# 봉정사鳳停寺

갑년에 이르도록
내가 키운 미망들이
어찌나 크고 많았던지
일주문에 들어서면서도
욕심 하나 덜어내지 못했고
해탈문을 지나면서도
어리석음 하나 내려놓지 못했다

엊그제 봉정사에 갔다가
부처님 상호相好는 뵙지 못하고
천등산 단풍만 보았다
봉황은 보지 못하고
만세루 처마 끝에 앉아 울던
노랑딱새만 보았다

# 영산암靈山庵*

우화루雨花樓 맞배지붕 위로
온종일 꽃비가 내렸다
나는 관심당觀心堂 툇마루에 앉아
눈도 닫고 입도 닫고
귀 하나만 열어
빗소리를 들었다

얼마나 지났을까
어슬어슬,
적묵寂默의 긴 하루가 저물고
산사에 어둠이 오자
응진전應眞殿 처마 끝으로
굴뚝새 한 쌍이
재빨리 몸을 숨겼다

* 영산암 : 안동 봉정사의 부속 암자로, 1989년 배용균 감독의 영화 「달마가 동쪽으로 간 까닭은?」의 촬영지이다.

# 영산암 석등

**1**

내 안에 석등이 있다면
밤마다 불을 켜리라
어두운 꿈의 길목마다
환히 불 밝혀
낡은 걸망 같은 육신일망정
영혼이 찾아오지 못하는 일은
다시는 없게 할 터

화사석火舍石 사면에 보살 입상을 새겨 넣고
옥개석屋蓋石 위에 보주寶珠까지 없은
부석사 무량수전의 석등만큼은 아닐지라도
내 안의 팔만사천 무진 번뇌를
죄다 물리칠 수만 있다면
이렇게 작고 투박한들 어떠랴

**2**

응진전에 불 밝히고

삼세불三世佛께
저녁공양을 올리는 이 시간,
그에 맞춰
내가 내 안에 지피는
거룩한 석등 점화식

# 보름달

그해 봄부터 어머니는
새벽마다 뒤란을 찾았다
찰방찰방, 어두운 우물 속에서
정한수 한 그릇 길어 올릴 때면
낡은 두레박에는 으레
달빛도 파랗게 묻어 있었다
그러나 더위가 채 가시기도 전
아버지는 먼 곳으로 떠나셨고
그리 오래 지나지 않아
아버지 무덤가에선
하얀 구절초가
무리지어 피어났다

홀로 반백 년을 살았다는 건
그만큼의 외로움을
눈물로 견뎠다는 뜻,
우리 어머니, 오늘은
굽은 등을 하시고

무엇을 발원했을까
오래 전 흔적도 없이
그 옛집은 사라져 버렸지만
지금까지 어머니의 가슴에선
얼마나 많은 보름달이
뜨고 졌을까

# 주름

얼마나 많은 시간들이

나를 훑고

지나간 것일까

아, 무량한

이 시간의 힘!

# 어느 날 갑자기

어느 날 갑자기
입이 벌어지지 않았다
밥을 먹는 것도 힘들었고
하품을 하는 것도 힘들었다

이런 나를 물끄러미 바라보던 아내가
속정 깊은 단양 당고모처럼
낮은 목소리로
이렇게 말하는 것이었다

"턱관절도 관절이라
사용하지 않으면 퇴화될 수밖에 없어
그러니 제발, 말 좀 하고 살아!
나가서 사람들도 만나고"

# 토란

바람이 빚고

햇살이 살찌워

마침내 오늘

튼실한 딸

여럿을 낳았다

참 고마운 당신

# 강허달림

굳이 그녀를
음색으로 분류하자면
D 마이너 어디쯤일 게다
어둡고 슬퍼서
더욱 몽환적인

체구는 크지 않아도
강한 수압을 견디는
특별한 능력을 지닌
붉은 아가미의 심해어처럼
그녀의 창법은
낮고 무거우면서도
지극히 세밀하다

밤마다 그녀가
나를 데리고
바다로 간다

# 귀소

내가 굳이 귀가 대신
귀소라는 단어를 사용하는 것은
그게 한결 인간적이라는 느낌 때문이다

힘겨운 하루 일과를 마감한 후
보금자리로 돌아간다는 게
집으로 돌아간다는 것보다야
훨씬 더 따뜻하고 정겨운 표현일 터

그것이 크든 작든
또는 화려하든 초라하든
아무 상관없이
밤꽃 향기 같은 살 냄새를 풍기며
피붙이들이 나를 기다리는 곳

김영동의 명상음악 「귀소」를 들어보면
그 느낌이 보다 구체적으로 다가온다
그들에게로 향하는

세상 모든 아버지들의 발걸음 소리에
툭툭, 별들이 눈을 뜬다

# 먼지

아무도 없는 집에
누가 다녀가기라도 한 것일까
나흘 만에 집에 돌아와 보니
소파에도 식탁에도
뽀얗게 먼지가 앉아 있었다

그렇다면
서울을 다녀온 것은
내가 아니라
나의 껍데기였는지도
모르는 일

알맹이는 집에 내버려둔 채
광화문에서 종로로
홍대에서 신촌으로 옮겨 다니며
사람들을 만나
밥을 먹고 커피를 마셨구나
아, 그래서 내게

다들 심드렁했었구나
내내 무표정했었구나

나흘 만에 집에 돌아와 보니
거실에도 주방에도
먼지가 뽀얗게 앉아 있었다
영혼이 혼자 남아
집을 지키고 있었던 모양이다
가져갈 세간살이가
뭣이 있다고

## 오늘은 트렌치코트를 입고

오늘은 트렌치코트를 입고
가을비 내리는 거리 위로
단풍잎처럼 사뿐, 내려서는 거야

붉어질 대로 붉어진
단계동 봉화로의 벚나무 가로수만큼
가슴이 촉촉이 젖어 들 때면
뭔가 대단한 일을 해낸 것 같은 표정으로
천천히 하늘을 올려다보는 거야

미황색 트렌치코트의 깃을 세우고
옅은 인디고 데님팬츠와 맑은 청회색 헌팅캡에다
밝은 브라운 컬러의 구두까지 갖춰 신고는
저 남부 아프리카의 나미비아 힘바족族 여인처럼
우쭐우쭐, 가을비 흩날리는 거리를
우산도 없이 혼자 나서면

나도 가을이 되는 거야

단풍으로 심장을 붉게 물들이는 거야
내 안을 온통 가을빛으로 채우는 거야

# 고비

첫눈이 내리던 날
게르에 누워
밤새 바람 소리를 들었다

어떨 때는
빠르게 서진하는
옛 기마군단의 말발굽 소리 같았고

또 어떨 때는
마두금馬頭琴* 장인匠人이 들려주는
애절한 연주곡 같았다

낙타들은 그때마다
얼마나 눈물을 흘렸을까,
그런 생각에
나도 눈물이 났다

세상의 모든 바람이
그곳에 있었다

*마두금 : 몽고의 전통 현악기로, 말 머리 장식이 특징이며 소리는 대단히 슬프고 서정적이다.

# 골품骨品

옛날엔 뼈에도 등급이 있었다지
이를테면 골품제도 같은

아버지의 할아버지
또 그 할아버지의 할아버지,
잠시 이렇게 올라가다 보면

가까운 윗대, 아니면
조금 먼 어느 조상에게서
훤히 그 정체를 드러낼 내 뼈

혹시라도 다시는 돌아보고 싶지 않을 만큼
내 누대의 역사가 너절하다면
나는 자식들에게 얼마나 미안할까
내 뼈는 스스로에게 얼마나 부끄러울까

아버지, 식전 댓바람부터
웬 뼈다귀 타령이세요
그런 말씀은 마시고 제발,
이 가난이나 어떻게 좀 해 주세요

# 바르셀로나공항 비둘기

바르셀로나공항의 출국장 대기실이 생기면서
콜럼버스광장에 살던 비둘기의 번지가 없어졌다
탑승객들이 흘린 빵 부스러기를
새벽부터 주워 먹느라
발목에 금이 갔다
그래도 바르셀로나공항 비둘기는
그들에게 감사의 메시지나 전하듯
이따금 출국장 대기실을 한 바퀴 휘돈다

출국장 대기실에는
조용히 앉아 과자 하나 찍어 먹을
작은 풀밭은커녕 가는 데마다
여행객들이 차고 넘쳐서
피난하듯 출국장 높은 난간에 올라앉아
바람 부는 콜럼버스광장을 그리워하다가
대기실 바닥으로 도로 내려가
금방 찾아낸 비스킷 조각에 입을 닦는다

예전에는 사람들을 성자처럼 보고
사람 가까이서
사람과 같이 사랑하고
사람과 같이 평화를 즐기던
사랑과 평화의 새 비둘기는
어쩌다가 공항의 삼엄한 검색대까지 뚫고
출국장 대기실 안으로 들어왔다가
이제 하늘도 잃고 광장도 잃고
온종일 탑승객들의 꽁무니나 쫓아다니는
세상에서 가장 비루한 새가 되었다

제 **4** 부

몸살에 관한 명상

# 빠담빠담

에디트 피아프의 원곡
「빠담빠담」을 듣는다

오늘은 파트리샤 카스의
선 굵은 허스키 보이스로

두 남녀의 심장 박동소리를 뜻한다는
프랑스 말, 빠담빠담

우리말로 옮기면 콩닥콩닥
아니면 두근두근 정도 되려나

그렇게 가슴 떨렸던 순간
아, 언제였더라

# 산행

김영동의 명상음악 「산행」을 듣는다

1988년 어느 날, 선생이
송광사에서 법정 스님과 만났다 헤어질 때
처소인 불일암佛日庵을 향해 가는
스님의 뒷모습을 보고 만들었다는 곡이다
가야금과 기타가 절묘하게 어우러진
이 곡을 듣다 보면
무거운 듯하면서도 가볍게
가벼운 듯하면서도 무겁게
나도 함께
산을 오르고 있다는 느낌이 든다
가벼운 것은
암자로 돌아가는 스님의 발걸음일 테요
무거운 것은
한 번도 뒤돌아보지 않는 스님에 대한
선생의 섭섭함일 테다

간히 무소유를
3분 10초간 체험해 보는
황홀한 시간이다

## 스페인광장에서

참 이상했다, 스페인 낮달이
한국의 낮달과 이렇게도 비슷할 수 있다니!
붉은 드레스를 입고 플라멩코를 추는
김태희의 휴대폰 광고로 더욱 유명해진
세비아의 스페인광장에서 나는
한참 동안이나 낮달을 바라보았다
하얗게 뼈만 남은 모습으로
허공에 매달려 있었다

누에보다리를 보러 론다로 떠나기 전
젊은 가이드는 몇 번이고
손예진이 김태희보다 예쁘다고 했다
일행들은 모두 손사래를 치며 웃었지만
나는 그녀의 출세작
영화 「클래식」을 잠시 떠올려 보았다

영화가 개봉된 해는 2003년,
나는 그 무렵, 왜 그렇게까지

내 안의 어둠을 걷어내려 했던 것일까
아무리 지우려 해도 지워지지 않는,
그렇다고 해서
무엇으로도 채워 넣을 수 없었던
내 오랜 결핍의 무수한 상처들

그러나 이제 나는 그것들을
문신처럼 가슴에 새긴 채
갑년의 가파른 언덕을
빠르게 넘어가는 중이다
온종일 어둠이 오기만을 기다리며
서쪽으로 흘러가는 저 낮달처럼

론다는 요즘 어찌나 더운지
어제는 무려 47°C를 기록했다고 했다

# 뱀

어제, 산을 오르다가
내 앞을 가로질러 가는
커다란 뱀을 목도한 후
갑자기 산행이 두려워졌다
세상의 모든 기다란 게 뱀이었다
길가에 누워 있는 썩은 나뭇가지도
땅 위로 뻗어 나온 작은 나무뿌리도
모두 뱀이었다
풀숲에서 들려오는 벌레소리나
관목 사이를 빠르게 옮겨 다니는
곤줄박이의 작은 움직임에도
내 발걸음은 매번 헐거워졌다

오늘, 산을 내려오다 생각해 보니
내가 뱀을 만나기 훨씬 이전부터
뱀은 이곳에서 살아왔을 터,
어제까지만 해도
아무 두려움 없이 오르던 산길이었는데
그렇다면 혹시

나보다도 뱀이 더 놀라지는 않았을까
다시는 나를 만나지 않겠다고
내가 산을 찾는 특정시간을 피하거나
다른 곳으로 우회할지도 모를 일이었다
팔다리 하나 없는 그 둥근 몸뚱이로

다음날 아침, 좀 더 생각해 보니
아주 오래 전부터 내 안에는
전날 본 뱀보다도 더 흉측한 모습의
구렁이 몇 마리가 들어 있는 건 아닐까 싶었다
갑년이 지나도록 애욕을 버리지 못한데다
갈수록 물욕은 쌓이고 넘치더니
이제는 누대에 빛날
시 한 편 남기겠다는 각오로
이른 새벽부터 책상 앞에 앉아 있는
이 볼썽사나운 꼬락서니야말로
그것 아니고 무엇이겠는가
정작 두려워해야 할
제 안은 보지 못한 채

# 가을, 매봉산에서

등산로 초입에서 노인 한 분이
커다란 상수리나무를 상대하여
이른바 등치기를 하고 있었다
굽은 등을 곧게 펴려는 것이었을까
아니면 나무를 쓰러뜨릴 힘이 여직 남아 있는지
몸소 확인해 보려는 것이었을까
10년 후의 내 모습이라 생각하니
갑자기 허리춤에 힘이 들어갔다

마흔 초반쯤 돼 보이는 사내 하나가
양손에 아령을 한 개씩 들고
나를 앞질러 힘차게 산길을 오르고 있었다
이두박근을 키우려는 것이었을까
아니면 삼두박근을 키우려는 것이었을까
대한민국의 미래가
그의 넓은 어깨 위에 얹혀 있는 것 같았다
그가 무척이나 자랑스럽게 느껴졌다

좀 더 산길을 오르자
중년을 넘어선 여인 셋이

떡갈나무 숲에서 도토리를 줍고 있었다
내일 아침 때꺼리가 떨어진 것이었을까
아니면 올겨울 이곳의 짐승들을
죄다 굶겨 죽이려는 것이었을까
크게 한 보따리씩 짊어진 그녀들의 등짐을 보며
다시는 도토리묵을 먹지 않겠다고 다짐했다

이런저런 별 시답지 않은 의문들을
산행에 보태고 나니
산 정상에서 마시는 커피의 맛도
덩달아 어수선해졌다
문득 어젯밤 TV에서 본
중국 산시성山西省의 현공사縣空寺*가 떠올랐다
그 아득한 허공의 높이만큼 아득했을
수행자들의 외로움이
시간의 오랜 지층을 건너
고스란히 내게 전해오는 듯
갑자기 바람의 끝이 서늘해졌다

* 현공사 : '공중에 매달려 있는 절'이라는 뜻의 사찰로, 중국 5악의 하나인 항산의 60m 절벽에
위치해 있다. 지금으로부터 1,400여 년 전인 북위시대 때 '요연(了然) 대사'가 창건했다고 한다.

# 흑인 오르페*의 노래

### 1

「카니발의 아침」은 또다시 나를 우울하게 하였네
밤을 새워 준비한 삼바 춤과 가장무도회 의상도
더 이상 내 슬픔을 달래줄 수는 없었네
태양을 떠오르게 할 주술사는 부재중이었고
내 성대는 예전만 같지 않았네

옛사랑에 미련을 두는 것은
일종의 가수假睡 상태 속에다 나를 집어넣는 일,
그러기에 간밤에도 나는 늦게까지 술을 마셨네
그렇다면 나는 지금도
리우데자네이루 행行 비행기에 오를 날을
꿈꾸고 있는 것은 아니었을까

### 2

영화 「흑인 오르페」와 함께 나의 연애는 시작되었네
영화관은 내 청춘의 몇 안 되는 기항지의 하나,
대부분은 목적지도 없이 떠난 항해였기에

난 언제든 그곳에 닿을 수 있었네
만선을 기대하기엔 애당초 불가능했지만
그렇다고 해서 불법 조업은 하지 않았네
이따금 곰팡이 냄새가 기어 올라오던
〈육림극장〉 2층 한구석에서
나는 스물두 번째 생일을 혼자 맞았네

**3**
눈 내리는 세모의 저녁나절,
나는 서쪽 창에 기대어
Stive Morgan의 장중한 사운드
「Time of Love」를 들었네

---

* 「혹인 오르페」 : 마르셀 카뮈 감독의 브라질 영화로, 1959년 칸영화제 황금종려상과 1960년
아카데미상 외국어영화상을 수상했다. 주제곡은 「카니발의 아침」

## 겨울, 무위편無爲篇

해가 바뀌었어도
나의 외로움은 여전하였네
마치 심지 굳은 지하운동원 같았네
늙은 길고양이의 잿빛 거죽만큼이나
칙칙한 하늘,
난 낡은 소파에 누워
온종일 재즈를 들었네
겨울에 듣는 재즈는
매번 바늘잎나무가 되어
내 가슴을 찔렀네

그러고 보니
세상에서 할 일 없는 사람은
나 하나뿐인 듯,
전국에 인플루엔자 주의보가 발령되었다는데
이럴 땐 차라리
독감이라도 되우 걸렸으면 싶었네
한 사나흘 끙끙, 소리 내며 앓다가

제법 수척해진 영혼으로 돌아와
책상 앞에 앉으면
시도 삶도
조금은 간절해질 것 같았네

## 겨울, 도식편徒食篇

주말드라마의 예고된 결말처럼
빠르게 저녁이 왔네
나는 온종일
소파에 누워 영화를 보았네
멜로 한 편과 액션 두 편,
멜로는 작품성이 떨어졌으며
액션은 지나치게 자극적이거나
극적 완성도가 결여되었네
있어야 할 것은 부족하고
있지 말아야 할 것은 넘쳐나는 게
꼭 우리네 인생을 닮았네
영화도 결국은
사람이 만든 사람 이야기이고 보면
이러한 다소의 어그러짐은
모두 용서해 주어야 할 것 같았네

오늘밤부터 한파가 몰아칠 거라는
일기예보가 발령되었지만

내일 아침엔

천만 관객을 모으고 있다는 영화를 보러

잠시 외출을 할 생각이네

그 영화 속 인물들은

암울한 시간을 어떻게 지나왔는지

꼭 알아보고 싶었네

문득 창밖을 내다보니

어디서 몰려왔는지

어둠이 내리기 시작한 동쪽 하늘을

까마귀들이 가득 메우고 있었네

## 겨울, 번외편番外篇

**1**

오늘도 난 덩그러니 앉아
어둠을 기다리고 있었네
누군 외로우니까 사람이라지만
나는 사람이라서 외로웠네
이런 날엔 저 삼척 정라항港으로 달려가
시원한 곰치국 한 그릇으로
내 허기진 영혼을 위로받고 싶었네
낮은 둔덕이 둔덕을 만나
태백 준령으로 우뚝 섰듯,
얕은 내가 내를 만나
소리 없이 동해로 깊어졌듯
그곳까지 가는 동안
내 안의 슬픔도 그렇게 견고해졌는지
알아보고 싶었네

**2**

오후 5시 32분,

부표처럼 떠 있던 겨울햇살이
마침내 모가지를 떨구고 나면
내 안의 슬픔은 이내 고요해지고
그 위로 유언처럼 어둠이 내려앉았네
생의 마지막 말을 온몸으로 담아내는
최후의 언어 형식인 유언,
아, 그랬었구나
마흔세 살의 젊은 내 아버지도
그런 숨결로, 그런 막막함으로
지상에서의 마지막 말을
열여섯 살 아들에게 남긴 것이었구나
그렇다면 나는 내 아들에게
마지막 말을 무엇으로 남길 것인가
마치 오늘이 그날인 듯
갑자기 가슴이 뛰고 숨이 가빠져
나는 얼른 창문을 열고
세상의 모든 어둠을
내 안으로 불러들였네

## 몇 개의 의문들

왜 아버지는 더 이상
내 꿈에 나타나지 않는 걸까
혹시 망자의 영혼에게는
유효기간이라는 게 있는 걸까
이를테면 사후 50년이면 소멸된다는 식의,
이런 건 대체 어디서 알아보아야 하는 걸까
얼른 네이버 지식 검색창에다 물어 보아야겠다

왜 밥을 먹다가 자꾸만 혀를 깨무는 걸까
아내 말대로 고기가 먹고 싶어져서일까
아니면 오랫동안 말문을 닫고 살아
혀가 뚱뚱해졌기 때문일까
이것도 내가 늙었다는 하나의 증표가 되는 걸까
이른바 자율 조절 능력이 저하되었다는

그런데 외로움은 왜
갑자기 사라져버린 걸까
내 외로움이 있던 자리
아니 내 시가 있던 자리,

그래서 체중이 6㎏나 줄어든 걸까
그렇다면 내 외로움의 무게는 고작 6㎏,
아하, 그래서 내 시가 늘 그 모양이었구나
노랑딱새의 깃털마냥 한없이 가벼웠구나

왜 이렇게도 빨리 수염이 자라는 걸까
손톱이 빨리 자라는 게
손일을 하지 않는다는 것의 반증이라면
수염이 빨리 자라는 것은
두뇌를 사용하지 않는다는 것의 반증이 되는 걸까
수염을 깎는 내내
거울 속에 비친
늙고 병든 한 마리 짐승을 보았다

왜 아내는 나를 선택한 걸까
결혼한 지 올해로 35년,
새삼스럽기는 해도 쉽게 꺼낼 수 없었던 의문이다
분명 아내는
숱한 후회와 그만큼의 다짐으로

지금껏 자신을 다스려 왔으리라
구름이 백운산을 넘어
치악산 방향으로 빠르게 흘러가고 있었다

보름달은 왜 밤에만 뜨는 걸까
낮에 보름달이 뜨게 되면
하늘을 날던 새들이 일제히 동쪽 끝으로 몰려가
날개를 꺾고 투신이라도 하는 걸까
한 번만이라도 창궁蒼穹에 걸린
새하얀 보름달이 보고 싶었다

왜 신은 내게 불벼락을 내리시지 않는 걸까
갑년이 지나도록 욕망의 늪에서 허우적거리는 나를
혹여 내게
아직 회개할 시간이 남아 있다고 판단하신 걸까
아니면 천벌을 받아야 할 인간들이 너무 많아
미처 내 차례가 오지 못하고 있는 걸까

# 그날 저녁

그날 저녁, 우리는
무실동 〈해남땅끝마을〉에서 다시 뭉쳤네
다들 얼마나 외로웠던지
만나지 못한 시간만큼이나
백발이 무성해져 있었네
어렵사리 집을 찾아 들어온 애완견처럼
우리는 다소 과장된 몸짓으로
서로의 안부를 확인하고 근황을 물었네
마치 세무조사 나온 공무원들 같았네

나는 김 시인과 함께
두 여류시인 사이에 앉아
홍어탕과 매생이국으로
부지런히 숟가락을 옮겼네
많이 먹으라는 인사를 주고받았지만
사실 우리는 쓸쓸해할 시간도
그리 많이 남아 있지 않은 나이,
그리하여 우리는 서둘러

한국 시단의 뿌리 깊은 편협성과
좀처럼 극복하지 못하는 지역 시단의 한계 같은
공통의 관심사를 식탁에 올려놓았으나
가벼운 음담과 유쾌한 패설 속으로
이내 사라지고 말았네

거나하게 취기가 오른 후
우리는 교차로를 가로질러
〈고래노래방〉으로 자리를 옮겼네
비틀거리는 발걸음보다도 무거운
삼동의 깊은 어둠이
도시 뒷골목까지 가득 차 있었네
내게 노래방 출입은
서너 해 만의 특별한 행사,
생각해 보니 그간 나는
스스로에 대한 적개심 하나로
세상을 살아온 듯싶었네
겉으로는 슬픔을 노래하고 있었지만

사실은 그 속에다
분노를 벼려두고 있었던 셈

결국 슬픔으로 포장된 적개심을
창끝처럼 겨눈 채
세상을 향한 말문을
내 스스로 닫아버린 것이었네,
마음이 멀어지고 나면
사는 곳 또한 절로 외지게 된다는 이치를
내가 직접 실행했던 셈이었네
잠시 후, 고개를 들어보니
몇은 짝을 지어 느실난실
흥건한 춤판을 벌이고 있었고
또 몇은 고래고래 목청을 지르고 있었네
이따금 눈발이 날리던 세밑의 밤이었네

# 명왕성에서 쓰는 편지

평균기온 −223°C,
보이는 거라곤 잿빛 암석과 얼음뿐인 이곳은
다름 아닌 명왕성입니다
이곳에서 태양까지의 거리는 59억 6천만km,
지구에서 태양까지의 약 40배로
태양광이 이곳에 도달하는데
무려 5시간 27분이나 소요되는
아주 먼 곳입니다
오죽했으면 이곳을
명왕冥王이 다스리는 별이라 했겠는지요

이곳은 한때 태양의 9번째 행성으로서
절대적 지위를 누리기도 했었지만
자신의 궤도에서 지배적 역할을 하지 못한다는 이유로
2006년, 식별번호 134340의 소행성으로
전락하고 말았답니다
물론 저로서는
이곳이 행성이건 소행성이건

별 관심이 없습니다
지구에서 이곳을 뭐라 하든
제 삶이 달라질 것은
아무것도 없기 때문입니다

139억 광년이라는 무량겁의 우주에서
제가 어쩌다
이곳까지 오게 된 것인지는 알 수 없으나
굳이 그 원인을 찾아보자면
당신으로부터 비롯된 게 아닌가 합니다
그렇다고 해서
당신을 원망하지도 않을뿐더러
제 처지를 비관하지도 않습니다
제가 이곳에 와 있는 것도 제 삶이요
당신을 사랑한 것도 제 삶이기 때문입니다

설령 당신이 저를 영원히 내쳤다 하더라도
제가 당신을 사랑하는 것과는 별개일 터,

더구나 세상의 모든 사랑이
해피엔딩이어야 하는 건 아니지 않겠는지요
따지고 보면 엔딩 부분 역시
전체의 작은 일부일 뿐,
이 광대무변한 우주공간에서
당신을 만나 사랑한 것만으로도
저는 얼마나 복되고 아름다운 존재이겠는지요

아아, 또다시 얼음 폭풍이 불어오기 시작합니다
이럴 때면 오래 전, 당신과 함께 즐겨 찾던
운교동雲橋洞의 고깃집 <소문난 뒷고기>만큼이나
그곳의 햇살이 그리워집니다
얼른 눈보라가 잦아들어
제 안에도 안식과 고요가 찾아왔으면 좋겠습니다
그런데 과연
제가 생을 마감하기 전
당신을 다시 볼 수 있을까요
그때가 되면 이곳에서도

꽃이 피고 새가 울까요

참, 제가 이곳에서 이제껏 버틸 수 있었던 건
이곳의 질량이 지구의 1/500이라는 사실,
그런 이유로 제 삶의 무게 또한
그만치 가벼워졌다고 믿고 있다면
당신은 이런 저를 위해
무얼 해 줄 수 있겠는지요
그렇지만 이곳의 1년은 지구의 248년,
정작 저를 힘들 게 하는 건
이 느려터진 시간입니다
행여 당신이 너무 빨리 늙어버릴까
그게 바로 작금의 제 슬픔입니다

# 타이푸삼 축제를 보다

말레이시아에 거주하는 타밀 인도인들이
매년 1월말에서 2월초 사이에 나흘 동안 즐기는
'타이푸삼' 축제라는 게 있다는데요
'타이푸삼' 이란 말은
신성한 달을 뜻하는 '타이' 와
보름달이 뜨는 시간을 뜻하는 '푸삼' 의 합성어로
힌두의 신인 '무루간' 을 숭배하는 고행 의식이
그 중심을 이룬다는데요
축제의 참가자들은
참회와 속죄의 의미로 머리를 깎거나
온몸에 갈고리나 꼬챙이를 꿴 채
'카바디' 라는 무거운 장식을 등에 지고
'무루간' 을 모신 '바투동굴' 까지
272개의 가파른 계단을 올라간다는데요

갈고리와 꼬챙이는 삶의 고통을,
'카바디' 는 삶의 무게를,
그리고 272개의 계단은

인간이 범하게 되는 죄악의 수를 의미하며
계단을 오른 후 코코넛 열매를 깨뜨리는 행위는
자아를 부숴 참된 자아로 새롭게 태어난다는
상징적 의미를 갖는다는데요
그런데 이 축제에서 어떤 이들은
자신의 혀나 얼굴에 꼬챙이를 꿰어
스스로 말을 할 수 없도록 만들기도 한다는데요
더욱 놀라운 것은
그렇게 해도 누구 하나
피를 흘리거나 아픔을 느끼지 않는다는데요

사실 저는 이 나이 먹도록
아주 잠깐만이라도 말문을 닫은 적이 없었으며
작은 바늘로라도
제 몸을 찔러 보겠다는 생각 역시
해 보지 않았는데요
어제 저녁, EBS TV에서 방영된
'타이푸삼' 축제를 보고 나니

지금까지 제가 저지른 죄악은 몇 개나 되는지
그리고 제 삶의 무게는 얼마나 되는지
새삼 궁금해지는데요
오래 전에 저는 삶의 무게가
무거운 게 좋은지, 가벼운 게 좋은지
한동안 혼란스러워 했던 적이 있었는데요
아직도 그 답을 얻지 못했을 만큼
여전히 헷갈리기도 하지만
분명한 것은 저 겨울 밤하늘의 별만큼이나
제가 저지른 죄악이 많을 거라는 것인데요

아무래도 이번 정월대보름날에는 저도
그간의 죄를 용서해달라는 간절한 축원을
달님께 드려야 하지 않을까 싶은데요
사는 게 여태도 힘든 걸 보면
제 삶의 무게도 제법 나갈 듯합니다만
갑년도 지났으니
이젠 좀 가벼워져도 괜찮지 않을까요

그런데 달님께 진심으로 소원을 빌면
제 죄가 용서될까요
삭발을 하지 않고도
꼬챙이로 혀를 꿰지 않고도
과연 용서될까요
그 많은 죄악들이 정말 씻겨질까요

# 몸살에 관한 명상

하룻밤과 이틀 낮을 몸져누웠다가
저녁이 되어서야
겨우 정신을 차리고 보니
반갑게도 눈이 내리고 있었습니다
거실 창가에 쭈그리고 앉아
잠시 눈 구경을 하노라니
내가 문득
우주 미아가 되었다가
간신히 지구로 돌아오는 과정을
실감나게 보여준 바 있는
어느 SF 재난영화 속
여주인공이 된 것만 같았습니다

그녀가 우주의 무중력을 극복하고
지상으로 무사히 귀환할 수 있었던 것은
사람과 사람의 관계인 중력을
그곳에서도 굳게 믿고 있었기 때문일 것입니다
우리들이 그것을 사랑이라 말하든

아니면 신뢰라 칭하든
또는 가족이란 이름으로 아우르든
그것은 분명
중력의 범주를 벗어날 수는 없었을 것입니다
저 광막한 우주 공간에서도 그러할진대
하물며 이 비좁은 지구에서야
더 말할 것이 있겠는지요

당신이 나를 끌어당기면
나는 당신한테 얼굴을 묻고
내가 당신을 끌어당기면
당신은 나에게 가슴을 열고
그렇게 의지하며 한세상 살아가는 게
우리네 인생이라면
내일도 모레도 나는
그 중력의 힘을 믿을 것입니다
그러기에 그 영화의 제목이 곧
「그래비티」*였고

지금도 저렇게 펑펑,

눈이 쏟아지는 것이겠지요


* 「그래비티(Gravity)」: 2013년에 개봉된 알폰소 쿠아론 감독의 영화로, 산드라 블록과 조지 클루니가 주연을 맡았다.

# 불빛, 무명, 시, 슬픔

당신한테 미리 해두는 다짐일지도 모르겠습니다만
몇 번을 다시 태어난다 해도
제가 구족계具足戒를 받는 일은
결코 일어나지 않을 것입니다
이렇게까지 머리 자르는 걸 싫어해서야
부처님께서 단 하루만이라도 제게
가사袈裟 입기를 허락하시겠는지요

돌아보면 팔만사천 무진 번뇌로부터 벗어나려 할수록
저 휘황한 사바의 불빛들은
점점 더 가까이 제게 다가왔습니다
그것들은 갈수록 거대하고 화려한 모습으로
제 마음 속에 자리 잡음으로써
오늘도 저를 이렇듯
힘차게 살아 움직이게 하였습니다
당신은 그것들이 한낱 물거품에 불과하다 하지만
천 길 무명無明의 나락에 함몰된 채
죽을 때까지 그 속에서 허우적거리는 게

오히려 인간다운 삶이 아닐는지요

아주 오래 전, 저는
감히 보리菩提가 되겠다는 열망으로
한동안 산문山門을 꿈꾸기도 했었습니다만
생각해 보면
어지간히 제 깜냥을 몰랐던
미망迷妄의 소치였더랬지요
그런 제가 선택할 수 있는 삶은
더 이상 존재하지 않습니다
지금까지 살아온 이 방식 그대로
남은 생을 이어갈 뿐입니다
물론 욕망이 크면 클수록
그것을 이룰 수 없는 슬픔 또한 크다는 것을
저는 잘 알고 있습니다

제가 40년을 넘게 시를 쓰고 있는 것도
사실은 그 슬픔을 다스리기 위한

제 나름의 안타까운 몸짓입니다
그렇습니다 제 시는
무명을 벗어나기 위한 저만의 슬픔이자
그 무명 속으로 한 걸음 더
제 모가지를 끌고 들어가는
또 다른 슬픔이기도 합니다
그러므로 당신이
제 시에 대해 뭐라 하든
저는 아무 상관하지 않습니다
오늘밤에도 저는
슬픔과 슬픔 사이에
오래도록 앉아 있을 것입니다

# 삶의 고요한 응어리 또는
# 시간의 존재


박 해 림

(시인 · 문학박사)

# 삶의 고요한 웅어리 또는
# 시간의 존재

박 해 림

(시인 · 문학박사)

양승준 시인은 등단 이후 여덟 권의 시집을 상재했다. 『몸에 대한 예의』는 아홉 번째 시집이 된다. 부지런한 창작에의 결과이다. 그는 오랫동안 고등학교 국어교사로 재직하면서 교육에 대한 열정을 쏟아붓고 시작詩作 활동 또한 게을리하지 않았다. 하지만 보다 더 시인답게, 보다 시 창작에의 열정을 염원한 결과 조기 퇴직을 선택하였다. 미래를 앞당긴 조기 퇴직의 현실은 그에게 녹녹치 않은 삶에 직면하게 했다. 기대에 부풀어 가슴 설렌 미래는 현실에서 다른 모습으로 나타났겠지만 분명 희망의 시간이었을 것이다. 한편 '내게 시를 데려다 준 모든 것들에게 또는 쓸쓸했던 그 그림자들에게' 라는 '시인의 말'에서 짐작할 수 있듯 이즈음 새로운 전환기를 맞은 것은 아닌가 여겨진다. 옷깃을 여미며 먼지를 털어내고 자세를 가다듬는 등의 요식적 행위조차 그럴진대 한 해 또 한 해를 보내면서 절기와 자연의 변화를 뼛속 깊이 느낀다든가 집안에서의 칩거, 여행 등에서 얻어진 실증적인 이미지의 결합체가 어떻게 시에 자리하는가를 잘 보여준다. 이것은 그가 즐기는 고요함에 집합되며 다양한 변주를 거쳐 시 창작의 중심을 이룬다.

이번 시집을 통해 시인의 삶에 대한 예의 또는 시간에 대한 인식이 구체적으로 언급되는데 '바로 지금 이 순간'에 대한 강한 열망과 크나큰 열정 때문일 것이다. 지나간 시간을 수시로 돌아보며 미래를 염려하고 놓쳐버린 것에 대한 회한과 염려가 서로 엇갈리고 있다. 하지만 여전히 시를 사랑하고 시에 대한 강한 의지가 그의 삶을 떠받치고 있다는 것을 알 수 있다. 이 모든 것은 시 전편을 관류하며 침잠, 고통, 회한, 두려움. 용기, 상처, 꿈, 관조, 슬픔, 희망, 절망 등으로 나타난다. 이것은 실재하기도 하고 허상일 수 있고 통과의례일 수 있다. 그러나 시인은 누구보다도 이러한 것들을 사랑한다. 그 속으로 파고들어야만 맨얼굴의 '진정한 자신'을 만날 수 있기 때문이다. 그는 진정한 자신과의 만남을 위해 아마도 많은 시간이 필요했을 것이다.

그리하여 그는 용기를 내어 미래를 앞당겨 살 수밖에 없었을 것이다. 앞당겨 살아야만 했을 것이다. 그가 추구한 세계는 꼭 그렇게 해야만 했다. 조기 퇴직의 이유가 '머리를 길게 기르고 싶어서' 라는 다소 소년 같은 이유를 내세웠지만, 전업 시인으로서의 은유가 아니고 무엇이랴. 하지만 그 대가는 생각보다 무거웠고 헐거웠으며 자주 뒤를 돌아보게 했다. 고요 속에서 많은 생각을 하게 하였으며 그것으로 인해 얻어진 결과물과 포기해야만 했던 많은 것들 사이에서 섬처럼 고립되기도 했다. 양승준 시인의 시편에서 두드러지게 보이는 양상 중 '나'를 들여다보는 일, 변모된 자아를 발견하는 일, 현실을 직시하는 시간, 성찰과 지난 시간의 연민에 자주 직면하는 자아를 만나게 된다. 그가 즐기고 맞닥뜨리는 세계는 모든 감각 즉, 청각, 시각, 미각, 후각 그리고 공감각적 세상이다. 시인의 민감한 감각의 세계는 어떤 특정한 공간을 거치면서 그의 시편들을 다양한 세계로 이끌며 재미를 만들어낸다.


2.

시간에 대해 회의론적 추론을 설명하고 있는 리쾨르는 '미래는 아직 오지 않았고 과거는 이미 지나갔으며 현재는 머무르지 않기 때문에 시간은 실재하지 않는다' 고 한다. 그러나 한편으로는 '우리는 다가올 일은 존재할 것이고 지나간 일은 존재했으며 현재의 일은 지나가고 있다고 말함으로써 마치 시간이 실재하는 것처럼 말한다'는 것이다. 이러한 '존재와 비존재'의 회의론적 추론의, 논리적 모순의 대칭적 설명이 아니라 할지라도 우리의 의식과 현실은 이미 그것에 내던져 있다. 시인은 이미 지나간 시간과 현재의 시간 그리고 다가올 시간에 대한 존재론적 질문의 한가운데 놓여 있다. 그리고 미리 당겨서 살아가는 미래의 시간은 그에게 한 걸음 한 걸음 살아가는 당위의 삶의 기점이 된다.

아래의 시는 미리 당겨서 사는 미래, 현실이 된 고요한 일상, 삶의 한 단면을 엿보게 한다.


눈 내리는 휴일 오후
가는 겨울이 아쉬워 목살을 삶았다

월계수 잎과 된장,
커피 가루와 통후추에
맛술까지 곁들이고 나니
돼지 특유의 누린내가 사라지고
정갈한 수육 한 상이 차려졌다

아, 저렇게 하면

내 영혼의 잡내도 없앨 수 있겠구나
세속에 찌든 내 육신도
아름답게 다시 태어날 수 있겠구나

그러나 펄펄 끓고 있는 압력솥에다
내 뱃살을 구겨 넣을 수는 없는 일,
더욱이 그 속에다
내 머리통을 들이밀 수는 없는 일

그렇다면 내가 할 수 있는 단 한 가지는
열심히 소주를 마시는 일,
그런 합리적인 이유로
오늘 저녁상에서도 술이 빠질 수는 없었다

— 「목살을 삶다」 전문

    돼지 수육인 '목살'을 소재로 한 일상의 단면은 시적 자아의
현재적 삶을 잘 보여준다. '눈 내리는 휴일 오후'는 얼마나 적
막한가. '눈'과 '휴일'과 '오후'의 정적인 시어가 결합하면서
세계는 고요한 적막이 된다. 돼지 수육의 잡내도 없애고 맛도
낼 수 있게 '월계수 잎과 된장과 커피 가루와 통후추, 맛술'이
라는 향신료를 이용해서 맛있는 돼지 수육을 먹을 참인데 시적

자아는 그냥 넘어가지 못한다. '아, 저렇게 하면/ 내 영혼의 잡
내도 없앨 수 있겠구나/ 세속에 찌든 내 육신도/ 아름답게 다시
태어날 수 있겠구나' 탄식하며 성찰에 든다. 목살을 삶는 과정
을 통해서 다시 태어난다는 의미조합은 매우 자연스러운 결과
의 도출일 수 있다. 하나 허투루 여기지 않는 시적 자아의 현실
과 그 현실 인식의 소중함을 엿볼 수 있다. '그렇다면 내가 할
수 있는 단 한 가지는/ 열심히 소주를 마시는 일'이라는 단순
명료한 결론에 도달하는 것은 시인만이 누리고 있는 고요한 시
적 성취일 것이다.


해가 바뀌었어도 여전히 저는
은둔과 칩거 사이에서 서성이고 있습니다
내일은 잠시 문밖을 나설 계획이지만
그건 특별한 일과가 예정되어 있어서가 아니라
일주일에 다만 한 차례라도
바깥바람을 쐬어 주는 게
몸에 대한 예의라고 생각하기 때문입니다


오늘 아침 기온은 무려 -19℃
지난가을 오후,
매봉산 관목 숲에서 만났던 붉은머리오목눈이들은
이 모진 추위를

어디서 어떻게 견디고 있을지
문득 궁금해졌습니다

이제 저는 예순둘,
갈수록 저도 겨울이 힘들어집니다
사는 게 언제쯤에나
제 뜻대로 이루어질 수 있을까요
당신의 겨울은 어떤지
이렇게나마 여쭈어봅니다

—「몸에 대한 예의」 전문


이 시집의 표제작인 '몸에 대한 예의'를 보면 조심스러운 현재의 시간을 만나게 된다. 내용의 전반에서 보이는 것은 찬찬히 흐르는 시간과 그 시간을 관통하는 시적 자아의 현실이다. '해가 바뀌었어도 여전히 저는/ 은둔과 칩거 사이에서 서성이고 있다'고 고백하는 시적 자아는 내재한 현실의 시간과 실재의 시간에 동시적으로 공존한다. '은둔과 칩거'의 중첩된 정적 시어는 세상과 격리되어 집 안에만 틀어박혀 있는 형국인 셈인데 자발적 격리에 가깝다. 조기 은퇴 이후의 현실의 한 단면일 테지만 고요한 시간과 그 시간이 주는 정적靜寂마저 즐기는 것으로 보인다. 하지만 내면의 시간과 현실의 시간에서 실재적 일

상을 살아내어야 하는 '몸'은 적당히 바깥바람도 쐬어 주어
야 하고 햇볕도 쬐어야 한다. 그래야만 예순둘에 접어든 신체
적 건강을 유지할 수 있고 더욱 가열찬 현실의 삶을 살아낼 수
있을 것이다. 따라서 시적 자아가 영하 19도의 혹독한 겨울 아
침에 문득 '붉은머리오목눈이'를 떠올리는 것은 '거울에 투사
된 자아'라는 것을 말하는 것이며 '안과 밖'의 공간만 다를 뿐
'칩거의 몸' 역시 영하 19도의 모진 추위를 체감하고 있다는
것을 알 수 있다.


어깨가 얼어붙기 전
내 사랑은 남실거리는 봄바람 같아서
온종일 나는 접시꽃처럼 서서
우두커니 당신을 바라보았습니다
어깨가 얼어붙기 전 나는
단 한 번도
어깨의 슬픔을 예측하지 못했기에
그것을 돌아볼 겨를 또한
안중에도 없었습니다
(중략)


굳이 생애를 두 부분으로 구획 짓는다면
나는 오십견 발병을 그 기준점으로 삼으려 합니다

나를 만나기 전과 후로
나누고 싶어 하는 당신을 위해
나는 기능성이 가미된
특제 고급 러브젤을 준비하겠습니다
아무래도 오늘밤,
첫눈이 내릴 것만 같기 때문입니다


— 「오십견, 그 이후」 부분


　　나이 듦의 현실은 '오십견'에서 서글픔으로 드러난다. '어깨가 얼어붙기 전/ 내 사랑은 남실거리는 봄바람 같아서/ 온종일 나는 접시꽃처럼 서서/ 우두커니 당신을 바라보았습니다'라는 고백은 이전과 이후의 현실이 극명하게 갈리는 것을 보여준다. 한 걸음 더 나아가 '어깨가 얼어붙기 전 나는/ 단 한 번도/ 어깨의 슬픔을 예측'하지 못했음을 자탄하고 있다. 이는 대체로 누구에게나 일어나는 지극히 당연한 결과일 것이다. 그러나 미래의 시간을 당긴 현재적 삶의 알레고리는 '이전과 이후'의 삶, 생의 '이쪽과 저쪽'이라는 현실적 인식에 선을 긋지 않고 뛰어넘겠다는 의지를 보여준다. '굳이 생애를 두 부분으로 구획 짓는다면/ 나는 오십견 발병을 그 기준점'으로 삼겠다는 시인의 명료한 결론이 그것이다.

참으로 이상한 일이었네
분명 간밤에 큰 바람도 없었는데
산을 .오르는 발끝마다
나뭇잎과 잔가지가
어지럽게 흩어져 있었네
온 산에 단풍 들고 낙엽 지려면
아직 달포는 더 기다려야 할 때,
그렇다면 이건
나무의 자의적 행동이 아닐까
하는 의문이 산행 내내 떠나지 않았네

태양이 빛을 잃기 시작하는 절기인 추분이 되면
나무는 본능적으로
머지않아 닥쳐올 동빙한설을 대비하기 위해
수천수만의 잎사귀에까지 끌어올렸던 생장점을
뿌리로 되돌리는 게 아닐까
행여 나무의 중심이 뿌리에 있다면
나무는 그 중심에서 가장 먼 곳에 위치한
잎이나 잔가지부터 조금씩 버림으로써
미리 나목이 될 준비를 하고 있는 게 아닐까

아, 나의 중심은 어디에 있는 걸까
심장일까 뇌일까 아니면 무형의 마음일까
어느덧 나의 삶도 가을로 들어선 지 오래,

이제라도 내 중심을 알고
사소한 것부터 하나씩 놓아버려야
겨울이 오기 전 나도
완전한 나목이 될 수 있을 텐데,
죽음 앞에 벌거벗은
한 마리 순한 짐승이 될 수 있을 텐데

—「중심에 대하여」 전문


삶은 시간이라는 또 다른 이름으로 지속된다. 시인의 현실 역시 그러하다. '참으로 이상한 일이었네/ 분명 간밤에 큰바람도 없었는데' '발끝마다' 나뭇잎과 잔가지가 흩어져 있다. 자연의 이치에 부합된 나무의 생태 변화에 민감한 시인은 갑자기 '중심'을 떠올린다. 생명을 가지고 있는 나무의 존재가 새삼 부각되면서 '나의 중심'을 돌아보는 것이다. 현실을 살아내면서 늘 중심을 생각하는 것은 아니다. 매 순간과 하루하루, 내일과 미래는 따로 떨어져 존재하는 것이 아니다. 실과 같은 존재, 흐르는 강물과도 같다. 인식의 차이, 표현의 차이만 존재할 뿐이다. 이는 나무에 머무는 시간, 나무를 지나는 시간을 포착하는 성찰적 시인의 현실 인식을 보여준다. 시적 자아는 나무에게서 본능적으로 '동빙한설'을 대비하는 몸짓을 읽어낸다. 자의적 판단의 결과를 보아낸 것이다. 혹한의 겨울을 살아내기 위해 중심에서 가장 먼 잎과 잔가지를 조금씩 버리는 것, 서서히 '나목'으로 바뀌는 것, 자연의 법칙이라는 옷만 입었을 뿐, 순전히 나무의 자의적 선택이라는 판단에 이르면서 '아, 나의 중심은 어디에 있는 걸까' 다시 탄식에 이르게 된다. 이러한 시인의 현실 인식은 새로운 성찰의 진입을 허락한다.

## 3.

시인의 시간은 대체로 현실에 머물고 있지만, 시간의 존재에 대한 인식은 대체로 '나'와 특정한 '대상'을 중심으로 이루어진다. '노안老眼', '주름' 등과 '아버지', '아내', '음악', '먼지', '바람', '눈', '나무', '풀꽃' 뿐만 아니라, 절기와도 관련된다. 이들을 통해 미래의 삶, 즉 미리 살아버린 현실을 새삼 확인하는 것이다. 현실을 직시하는 힘이 거기에서 비롯되며 그곳으로부터 새롭게 생성된다는 것을 보여준다.

> 어쩌면 이제라도
> 가까운 곳부터 자세히 살펴보며
> 조심조심 살라는 뜻이 아니겠는지요
> 부디 서둘지 말고 천천히
> 두 눈 크게 뜨고
> 조금씩 생의 흔적 지우면서

말년을 향해 가라는


돌아보면 제 지난날은
하루라도 빨리 벗어나고 싶었던
부끄러움의 역사,
새의 눈을 갖지도 못한 채
그때는 왜 그리
멀리만 보려 했을까요


그럴수록 저는
오히려 벌레처럼 좁은 시야에 갇혀
이 넓디넓은 세상을
감히 제 적면覰面*에 묶어두겠다며
온종일 가슴 졸이고 애태웠지만요


도수 높여 새로 맞춘 돋보기를 쓰며
새삼 노안에 대해 생각해보는
비 내리는 11월의 늦은 오후,
덩달아 제 저승길도
제법 환해진 듯합니다


* 적면 : 눈에 바로 가까이 보이는 곳


─「노안老眼」 전문

시인의 현재는 '노안老眼'을 통해 다시 현재적 삶의 고요한 국면에 접어든다. 시간의 그곳에 집결된다. 늘 조심조심 살아왔을 터인데도 새삼 그렇게 살아야 하는 이유를 '노안老眼'에서 발견한다. 젊어서는 높은 이상理想을 쫓느라 눈앞의 현실을 놓쳤을 것이다. 이상은 멀고 현실은 받아들이기가 어려웠을 것이다. '어쩌면 이제라도/ 가까운 곳부터 자세히 살펴보며/ 조심조심 살라는 뜻이 아니겠는지요'라는 반성문은 '서둘지 말고', '천천히', '두 눈 크게 뜨고'의 단서 조항을 달고 있다. 그것은 '하루라도 빨리 벗어나고 싶었던/ 부끄러움의 역사' 때문이다. 가족사에서도 콕 집어낸 여러 일들, 가령, 일찍 세상을 뜬 '아버지'에 대한 원망과 아버지의 부재로 어려웠던 일과 아픔이 시인의 삶에 많은 영향을 미쳤을 것이다. 시 「골품骨品」을 살펴보면 '아버지, 식전 댓바람부터. 웬 뼈다귀 타령이세요/ 그런 말씀은 마시고 제발,/ 이 가난이나 어떻게 좀 해주세요'라는 부분은 아버지의 부재가 자신에게 이어지는 것을 알 수 있다. '눈앞'과 '멀리'라는 공간을 통해 벗어나야 하는 현실과 지켜야만 하는 현실의 시간이 충돌하며, 다음 순간, '얼마나 많은 시간들이/ 나를 훑고/ 지나간 것일까/ 아, 무량한/ 이 시간의 힘! (「주름」 전문)'을 통해 감내하고 있는 시인의 무거운 현실이 포착되는 것이다.

왜 아버지는 더 이상
내 꿈에 나타나지 않는 걸까
혹시 망자의 영혼에게는
유효기간이라는 게 있는 걸까
이를테면 사후 50년이면 소멸된다는 식의,
이런 건 대체 어디서 알아보아야 하는 걸까
얼른 네이버 지식 검색창에다 물어 보아야겠다
(중략)


그런데 외로움은 왜
갑자기 사라져버린 걸까
내 외로움이 있던 자리
아니 내 시가 있던 자리,
그래서 체중이 6kg나 줄어든 걸까
그렇다면 내 외로움의 무게는 고작 6kg,
아하, 그래서 내 시가 늘 그 모양이었구나
노랑딱새의 깃털마냥 한없이 가벼웠구나


(중략)
수염을 깎는 내내
거울 속에 비친
늙고 병든 한 마리 짐승을 보았다


왜 아내는 나를 선택한 걸까

결혼한 지 올해로 35년,
새삼스럽기는 해도 쉽게 꺼낼 수 없었던 의문이다
(중략)

보름달은 왜 밤에만 뜨는 걸까
낮에 보름달이 뜨게 되면
하늘을 날던 새들이 일제히 동쪽 끝으로 몰려가
날개를 꺾고 투신이라도 하는 걸까
한 번만이라도 창궁蒼穹에 걸린
새하얀 보름달이 보고 싶었다
(하략)

—「몇 개의 의문들」부분


　내용이 비교적 긴「몇 개의 의문들」을 보면 지난 시간의 수많은 의혹과 풀리지 않은 궁금증, 할 말과 해야 할 말 그리고 또 다른 자아의 탄생을 기대하는 시적 자아를 확인한다. 익숙한 현실에서 마치 이방인인 양 낯설어하는 모습은 의도적인 게임과도 같은 양상을 보인다. 숨은그림찾기라든가. 끝말잇기나 그림자놀이 또는 수수께끼 놀이와도 같은, 세상과 ‘나’의 소통을 위한 것으로 하나하나 열거하고 나열하지 않으면 견딜 수 없는 자아의 부재가 직면한 현재의 시간은 실존적 허무의 게임과도 같은 것이다. '왜 아버지는 더 이상/ 내 꿈에 나타나지 않는 걸까… 왜 밥을 먹다가 자꾸만 혀를 깨무는 걸까… 그런데 외로움은 왜/ 갑자기 사라져버린 걸까… 왜 이렇게 빨리 수염이 자라는 걸까…왜 아내는 나를 선택한 걸까…보름달은 왜 밤에만 뜨는 걸까… 왜 신은 내게 불벼락을 내리시지 않는 걸까' 등 각 연의 첫 구절에서 직면한 실존적 의문은 시적 자아의 고요한 일상을 마구 흔들고 있다. 삶의 고요한 웅어리를 사뭇 흔드는 것이다. 「보름달」에서 아버지를 여의고 난 다음 홀로 긴 세월을 살아낸 어머니. 그 어머니의 가슴에 뜬 보름달을 향한 발원이 그렇다. 수많은 의혹은 현재의 시간만이 갖는 것으로 일상의 반복적 여정에 다름아니다. 이 모든 것은 매 순간 삶의 전환을 이루고자 하는 시인의 내적 욕망에 집합된다. 시 「보계譜系」에서는 작은아버지의 부음과 남은 형제들의 나이듦을 확인한다. 이미 지나간 시간과 오지 않은 시간, 머무르지 않는 시간을 실재하게 하는 존재론적 질문 앞에 마주한 시인을 조목조목 만날 수 있게 한다.


내가 굳이 귀가 대신
귀소라는 단어를 사용하는 것은
그게 한결 인간적이라는 느낌 때문이다

힘겨운 하루 일과를 마감한 후
보금자리로 돌아간다는 게
집으로 돌아간다는 것보다야
훨씬 더 따뜻하고 정겨운 표현일 터

그것이 크든 작든
또는 화려하든 초라하든
아무 상관 없이
밤꽃 향기 같은 살 냄새를 풍기며
피붙이들이 나를 기다리는 곳

김영동의 명상음악 「귀소」를 들어보면
그 느낌이 보다 구체적으로 다가온다
그들에게로 향하는
세상의 모든 아버지들의 발걸음 소리에
툭툭, 별들이 눈을 뜬다

—「귀소」 전문


    때때로 시인의 현실은 매우 단순하고 잔잔한 결에 귀착된다.
음악을 좋아하고 조용한 시간과 고요한 순간순간의 직면과 마
주하며 주어진 삶을 사랑한다. 따뜻하거나 안온한 일상의 귀퉁
이에서 물끄러미 현실의 시간을 즐기기도 한다. ‘집’이라는 절

대적 공간에서 스스로를 가두고 침잠된 의식을 불러일으켜 하나하나 나열하며 살아 꿈틀하는 자아를 확인하는 순간, 여전히 치열하게 살아가는 것에 감격한다. 그리하여 특별한 의미를 부여하게 된다. '내가 굳이 귀가 대신/ 귀소라는 단어를 사용하는 것은/ 그게 한결 인간적이라는 느낌 때문이다'에서 보듯 단어 하나에도 민감한 삶의 교착점을 찾아낸다. 생동하는 현실을 재구성한다. 시적 자아가 선택한 '인간적'이라는 단어의 사용은 이 시가 추구하는 정점을 보여준다. '보금자리', '살냄새', '피붙이' 등은 단순히 집으로 돌아오는 행위를 말하지 않는다. 삶의 중심을 이루는 피붙이들의 근간을 말한다. 모양만 갖춘 피붙이, 즉 형식적인 삶의, 이방인의 모습이 아니라 진득하고 살아 꿈틀대는, 최초이자 마지막인 귀착점을 향한 소중한 몸짓을 보여주는 것이다.


## 4.

  양승준 시인의 시편에서 두드러지는 것 중 절기에 관련된 시가 다수 있다. 「춘분」「소만」「하지 무렵」「하지」「처서 무렵」「백로 무렵」「한로 무렵」「상강」「입동」「소설」「대설」「동지」「오늘은 트렌치코트를 입고」 등이다. 봄에서 겨울까지의 절기를 통과하면서 반복되는 일상을 노래한다. '오전엔 옛직장 동

료의 아들 결혼식으로/ 수원을 다녀왔고// 오후엔/ 진이당고모
님의 상喪으로/ 속초를 다녀왔다'(「춘분」)에서부터 '계절은 하
루가 다르게 여름에 나가섰지만/ 내 몸은 서둘러 가을을 지나
가는 것 같았다…오늘도 나는 온종일/ 상수리나무 숲에서 혼
자 놀았다'(「소만」) '산다는 건/ 하루하루 외로움을 견디는 일
이라고'(「하지 무렵」), '만약 내가 내게/ 단 한 차례만 주어진/
삶의 교체 카드를 쓸 수 있다면/ 오늘이 바로 그날일 듯싶었
네'(「하지」)에서 시인의 시간은 절기를 타고 빠르게 이동한다.
하루하루가 절기를 만날 때 매듭 하나씩 지어지는 것을 본다.
아래의 시를 본다.


요즘 들어 자주 몸이 아팠고
정신 또한 희미해졌다
그때마다 나는
죽을 때가 됐나, 하는
몹쓸 생각을 하기도 했으나
정작 죽음에 이르기 위해서는
지금과는 비교도 되지 않을 만큼
외로운 날들이 많이 있어야 할 거라는 말로
나를 위로해 주었다

그 후, 나는

하늘을 올려다보는 횟수가
조금 더 많아졌다
저 까마득한 허공 어디에선가
가늠하기조차 어려울
빠른 속도로 날고 있을 어느 우주비행사처럼
나도 외로움에 한 발 더 가까이 갔다고
믿고 싶었기 때문이었다

                    —「처서 무렵」 전문


최근 들어
혼잣말이 많아졌다
내가 내게 말을 건넨다는 건
외로움의 또 다른 몸짓,
내가 내게 밥숟갈을 밀어 넣듯
내가 내게
혼자 술잔을 털어 넣듯

어제는 늦게까지 빗소리를 들었다
가을이 부쩍 깊어졌을 것이다

                    —「백로 무렵」 전문

삶이란 흐르는 강물과도 같고, 시시때때로 불어오는 바람과도 같고, 망망대해 아득한 바다 같기고 하고, 하염없이 내리는 폭설 같기도 하다. 이느 절기, 어느 공간에 놓여도 삶은 여여如如하게 지속되고 있음을 상기하게 한다. 시적 자아는 '요즘 들어 자주 몸이 아팠고/ 정신 또한 희미해졌' 음을 토로한다. 자연스럽게 이러다가 죽을 것은 아닌가 생각한다. 하지만 '정작 죽음에 이르기 위해서는' 많은 조건이 따라붙는다는 것을 전제로 내건다. '지금과는 비교도 되지 않을 만큼/ 외로운 날들이 많이 있어야 할 거라는' 것이다. 얼마나 외로워야 죽음에 이르게 될 것인가. '그 후, 나는/ 하늘을 올려다보는 횟수가/ 조금 더 많아' 지고서야 '외로움에 한 발 더 가까이' 갈 수 있었다. 아니 그렇게 믿고 싶었다. 여름에서 가을로 넘어가는, 수확과 소멸로 가는 절기에 들어서면서 자신을 돌아본다. '외로움' 이야말로 시인에게 꼭 필요한 창작의 에너지이다. 소멸을 향해 가는 것이 아니라 생성을 향한 과정일 것이기 때문이다.

시 「백로 무렵」에서 외로움은 '혼잣말' 로 나타난다. '내가 내게/ 혼자 밥숟갈을 밀어 넣듯/ 내가 내게 술잔을 털어 넣듯' 시적 자아는 자신에게 말을 걸면서 그것은 '외로움의 또 다른 몸짓' 임을 고백한다. 혼자서 일인이역을 한다는 그 자체가 외로운 것이고 외로움의 그 자체라고 정의한다. 추석 무렵의 절기는 가을이긴 하지만 곡식이 더 익어야 하므로 낮과 밤의 온도 차가 크다. 점점 가을로 치닫는 '백로 무렵' 의 절기는 머지

앉아 추수를 할 것이고 다음 순간 겨울이라는 것을 예감한다.


이제야 하는 말이지만
내가 정년을 8년 반이나 남겨놓고
학교를 나온 것은
머리를 길게 기르고 싶어서였다
인도의 수도승 사두sadhu까지는 아니더라도
세상의 모든 슬픔으로부터 벗어난
진정 자유인의 모습으로
남은 생을 누리고 싶어서였다


퇴직을 한 지 어느덧 7년,
그러나 나는
자유인이 되기는커녕
머리를 길게 기르지도 못했다
다만 그 기간 동안
다섯 권의 시집을 상재했으며
외로움이
조금 더 깊어졌을 뿐이다


돌아보니
내게 이 외로움이라도 없었다면
과연 어쩔 뻔했을까

슬픔은 슬픔대로
욕망을 욕망대로
내 안에 들어찬 갖가지 감정들이
이승 저 너머로
나를 힘껏 내쳤을지도 모르는 일

첫눈 내린 오늘,
늦은 아침을 먹고 난 후
낙엽 구르는 오솔길을 따라
매봉산 상수리나무 숲을 다녀왔다
바람의 끝은 매서웠고
어디서도 새소리는 들려오지 않았다

─「소설」 전문


　시인의 고백이 정점을 이루는 시 「소설」에서도 '외로움' 은
등장한다. 당겨 산 미래의 시작은 명예퇴직을 희망했을 무렵
이다. 그 간절한 이유가 '머리를 길게 기르고 싶어서' 라는 것
이다. 일명 '자유인' 이라 불리는 대부분의 예술가가 지향하는
'자유' 는 누리는 입장에 따라 다르게 정의된다. 예술은 구속과
는 정반대의 길을 걸어야만 할 것이므로 자연스러운 귀결일 것
이다. 그러나 시적 자아는 자신이 선택한 진정하고 고귀한 권

리인 '자유인'이 되지 못했다고 말한다. 머리를 길게 기르지도 못했고 '세상의 모든 슬픔으로부터 벗어난/ 진정 자유인의 모습'도 되지 못한 것이다.

양승준 시인에게 있어 시간의 존재는 들뜨지 않으면서 변화를 추구하는 것이다. 다양한 언어로 변주되고 표출되는 것이다. 일상의 기저에 놓인 고요 또는 회한, 욕망과 열정이 서로 얽히지 않고 단단하게 떠받치고 있기 때문이다. 특히 '밤마다 내 귀가 소리 내 운다…아마도 슬픔이 깊어'(「이명」)라든가, '오늘은 일 년 중/해가 가장 높이 떠오른다는 절기,…쏟아지는 햇살 속에다/ 내 슬픔들을 모두 밀어넣었네'(「하지」), '산다는 건/ 하루하루 외로움을 견디는 일이라고'(「하지 무렵」), '생각해보니/ 시를 쓰다, 라는 담화 형식보다/ 시를 만들다, 가/ 훨씬 인간적이라는 생각을 하고부터/ 내겐 슬픔이 많아졌다'와 「겨울, 무위편無爲篇」 연작과 '아내'에 관련한 시편들은 퇴직 후 여러 번의 계절을 지나며 맨얼굴의 '자아'에 집중된다. 고요하고도 내밀한 시간의 존재를 의식하며 어찌할 수 없는 지난 시간과 미래의 시간, 그 틈바구니에서 현재의 시간에 집중된 시인의 선택을 확인할 수 있다.

양승준 시인의 시 전편을 아우르는 시간의 존재는 머무르지 않기 때문에 실재하지 않는다가 아니라, 다가올 일은 존재할 것이고 지나간 일은 존재했으며 현재의 일은 지금 이 순간 존재한다는 것을 말하고 싶은 것이다. 시인이 추구하고 있는 수많은 형용의 시간과 염려조차 그가 가꾼 시의 밭에서 반짝반짝 빛을 내고 있기 때문이다.

시와소금 시인선 093

# 몸에 대한 예의

ⓒ양승준, 2019. printed in Seoul, Korea

1판 1쇄 발행  2019년 06월 14일
지은이  양승준
펴낸이  임세한
책임편집  박해림
디자인  유재미 정지은

펴낸곳  시와소금
출판등록  2014년 1월 28일 제424호
발행처  강원 춘천시 충혼길20번길 4, 1층 (우-24436)
편집실  서울시 중구 퇴계로50길 43-7 (우-04618)
팩스겸용  (033)251-1195 / 휴대폰 010-5211-1195
이메일  sisogum@hanmail.net
ISBN  979-11-86550-90-8  03810

값 10,000원

* 이 시집은 2019년 강원도 강원문화재단 문예진흥기금으로 발간하였습니다.